蟲蟲生態小故事

蜜蜂的日記

我是勤勞採蜜員

徐 魯／著

劉振君／繪

新雅文化事業有限公司

www.sunya.com.hk

出生照

我最滿意的畫作

騎着蝸牛去旅行

嘗嘗自己釀的蜜

朋友們的化裝舞會

第一次飛行

這是我們家族的一張「全家福」。
坐在正中間的是我媽媽。她是我們
蜜蜂家族裏最高貴的女王。

　　坐在媽媽身邊，穿着粉紅色衣服的小蜜蜂，就是我。我們蜜蜂大家庭勤勞又團結，每天都很開心。

我是一個小女孩。

大家都叫我「小蜜蜜」，希望我的降生帶給
蜜蜂家族好運，蜜蜂們的生活都甜甜蜜蜜的。

我也認識很多小伙伴。
我最喜歡那些笑瞇瞇
地看着我的小花朵。

媽媽已經活了 900 天以上了！
她是我們蜜蜂家族真正的「壽星婆」！

5 月 2 日

　　今天天氣特別好。陽光燦爛，清風拂面。
我看見很多工蜂姐姐們進進出出，忙忙碌碌。
她們正忙着築巢、採蜜。

　　留在家裏築巢的工蜂姐姐們像一個個技藝嫻熟的泥瓦匠，麻利地往巢壁上塗着蜂膠。

　　她們建起來的「蜜蜂大廈」，有很多六角形的小房間，很緊密地一間挨着一間。媽媽告訴我，六角形的蜂巢是最牢固的設計方案了。

　　我有點兒暈了，我是不是有密集恐懼症呢？

今天又是一個採蜜的好日子，勤勞的工
蜂姐姐們一隊隊地出發了⋯⋯
我好想跟着她們出去採蜜啊！

我去找媽媽，問她能不能讓我也和姐姐們一起去採蜜。

媽媽說外面有很多蜜蜂的敵人，出去採蜜之前，要先認識他們。

今天媽媽教我辨認敵人。媽媽給我很多卡片，讓我記住卡片上的這些壞傢伙！

蜜蜂有很好的記憶力，記住他們一點兒也不難。

這是胡蜂，一天到晚鬼鬼祟祟的樣子！

這個兇巴巴的傢伙，是大黃蜂！

這個長相醜陋的傢伙，是蟲蛲！

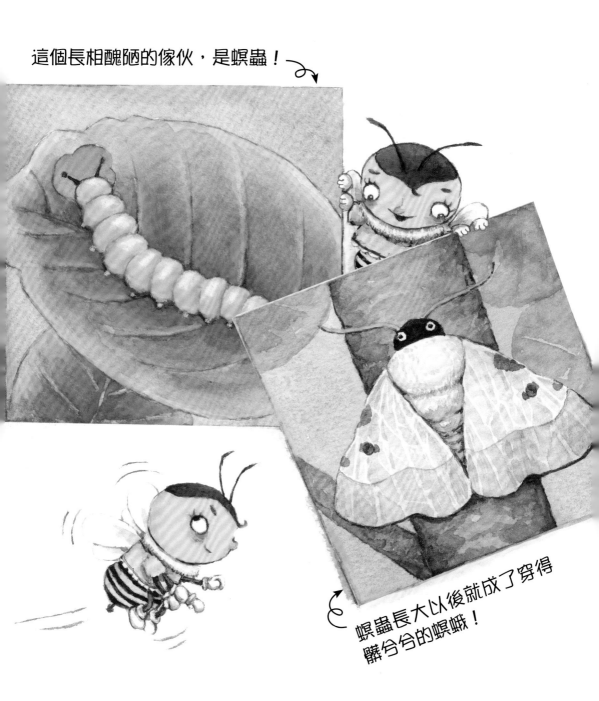

蟲蛲長大以後就成了穿得
髒兮兮的螟蛾！

15

我們蜜蜂很善良，保護自己的唯一武器是藏在尾部的毒刺。只有遇到危險無法逃脫時，我們才會射出毒刺。一旦射出這根刺，我們就會死亡。

小蜜蜜，你要記住，蜜蜂一蜇人，自己也活不成了！

今天發生了一件非常傷心的事情。工蜂姐姐
阿甜在外出採蜜時，遇到了一個想要捉住她的園
丁。阿甜為了逃命螫了那個園丁，沒過多久，阿
甜姐姐就死去了。

5 月 16 日

今天，媽媽總算同意我飛出蜂巢啦。

外面的世界真大啊！
我跟着工蜂姐姐們學低空飛翔⋯⋯
我跟着工蜂姐姐們學平穩降落⋯⋯
我跟着工蜂姐姐們學吸取花蜜⋯⋯

有一隻漂亮的蝴蝶，還誇獎了我呢！

蝴蝶姐姐，我不是在跳舞，我是在採花蜜呢！

小蜜蜂，你的舞姿好優美呀！

19

我喜歡花，喜歡淡淡的、芳香的花朵。
像油菜花呀，荊花呀，棗花呀，槐花呀⋯⋯

今天，我看見一個小女孩穿着有百合花圖
案的裙子。

我跟在她身後，飛了很遠很遠……

小女孩揮舞着雙手，以為我要蜇她。

其實，我只是喜歡她的花裙子。

5 月 23 日

　　我的小伙伴思思發生意外了！
　　她誤落在一朵蔥花上，結果，一下子就
被大蔥強烈的氣味熏暈了！
　　幸好兩位工蜂姐姐路過，救走了她。

我們蜜蜂都不喜歡蔥、蒜、薄荷，還有酒、醋什麼的。

總之就是氣味濃烈的東西都不喜歡！

天黑了以後，工蜂姐姐阿巧
教我學習釀蜜了。

阿巧姐姐和所有的工蜂
姐姐們一樣，白天要出去
採蜜，晚上返回蜂巢，
釀造出甜甜的蜂蜜。

據說，人類和黑熊都很愛吃我們釀的蜂蜜。
　　可是他們知不知道，為了釀造蜂蜜，我們都
熬出了「黑眼圈」。

今天回家的時候，天已經黑了。
我和所有蜜蜂一樣，不喜歡黑色的東
西，更不喜歡黑夜。

多虧了小螢火蟲，他打着燈籠把我送回家。

可是，小螢火蟲真的很囉唆，他一直問我為什麼叫小蜜蜜，問我有什麼秘密。

我跟他說過好多次了，我會採蜜，沒有秘密！

大黃蜂和胡蜂這些
傢伙真壞！

他們又在我們「蜜
蜂大廈」四周轉悠，想
幹壞事。

28

我已經長大了！我和我的伙伴們一樣勇敢！

我們集合起來，向胡蜂和大黃蜂開戰了……

可是，還沒開戰，他們就逃跑了。

因為有一個小男孩，捅了他們的蜂窩！

9 月 27 日

今天，我非常非常傷心！

教我釀蜜的工蜂姐姐阿巧，晚上很晚了也沒有飛回來。

媽媽說：「蜜蜂是很懂事的，如果哪一天感到自己的生命就要結束了，她會自己悄悄地死在外邊……」

可是，我都沒有來得及跟阿巧姐姐告別。

我想了想，「蜜蜂大廈」好像真的從來沒有往外邊運送過死去的蜜蜂！

10月 15 日

蜜蜂採集花蜜的時候，也給花兒和別的植物傳授了花粉。

每一朵盛開的小花的生命裏，也有蜜蜂的生命在延續……

謝謝你，親愛的小蜜蜂！是你們給了我們新的生命……

美麗的鮮花下，是死去的
蜜蜂最好的安息地。

33

春天走遠了。
夏天走遠了。
秋天也走了。
冬天說來就來了⋯⋯

冬天是我們的休假時間。

我們抱在一起，通過吃蜂蜜和運動來取暖。

媽媽最喜歡這個時候，因為所有的孩子都來看她。

夕陽真的很美

第一次採蜜

我和朋友們

我最愛的睡前
故事時間

我以後也要當一名勇敢的
蜜蜂，保衛家園

母親節

夢想STEAM職業系列

一套4冊

從故事學習 STEAM，我也要成為科技數理專才！

本系列一套4冊，介紹了科學家、工程師、數學家和編程員四個STEAM職業。把溫馨的故事，優美的插圖，日常的數理科技知識巧妙地融合在一起，潛移默化地讓孩子了解STEAM各相關職業的特點和重要性，並藉此培養他們正面的價值觀和協作、解難技能，將來貢獻社會！

了解 4 種 STEAM職業：

我是未來科學家
學習多觀察、多驗證

我是未來工程師
學習多想像、多改良

我是未來數學家
學習多思考、多求真

我是未來編程員
學習多創新、多嘗試

圖書特色：

溫馨故事配合簡易圖解，
鼓勵孩子**多觀察身邊的事物**，
多求證解難，引發孩子的好奇心

講述著名科學家、工程師、數學家和編程員的事跡，
讓孩子了解STEAM職業
的特點和重要性

書末提供如何成為各種STEAM專才的建議，
引導孩子思考，**培養數理科技思維**，
為投身理想STEAM職業踏出第一步！

一起來跟**科學家**、**工程師**、**數學家**和
編程員學習，培養嚴謹的科學精神、慎
密的頭腦、靈活的思維，從求知、求真、
求變中，為人類的福祉和文明作出貢獻！

科技數理融入生活，
知識融入故事。
一起進入 STEAM 世界！

定價：$68/ 冊；$272/ 套

三聯書店、中華書局、商務印書館、
一本 My Book One (www.mybookone.com.hk) 及各大書店均有發售！

 蟲蟲生態小故事

蜜蜂的日記
——我最愛採花蜜

作　　者：徐　魯
繪　　圖：劉振君
責任編輯：黃楚雨
美術設計：張思婷
出　　版：新雅文化事業有限公司
　　　　　香港英皇道 499 號北角工業大廈 18 樓
　　　　　電話：(852) 2138 7998
　　　　　傳真：(852) 2597 4003
　　　　　網址：http://www.sunya.com.hk
　　　　　電郵：marketing@sunya.com.hk
發　　行：香港聯合書刊物流有限公司
　　　　　香港荃灣德士古道 220-248 號荃灣工業中心 16 樓
　　　　　電話：(852) 2150 2100
　　　　　傳真：(852) 2407 3062
　　　　　電郵：info@suplogistics.com.hk
印　　刷：中華商務彩色印刷有限公司
　　　　　香港新界大埔汀麗路 36 號
版　　次：二〇二二年二月初版

ISBN: 978-962-08-7928-9

原書名：《我的日記：蜜蜂的日記》
文字版權 © 徐魯
圖片版權 © 劉振君
由中國少年兒童新聞出版總社有限公司 2015 年在中國首次出版
所有權利保留